SCOOBY-DOO!

Le voleur de pommes

Éditions SCHOLASTIC

Le voleur de pommes

Gail Herman
Illustrations de Duendes del Sur
Texte français de Marie-Carole Daigle

Éditions
■SCHOLASTIC

Copyright © 2014 Hanna-Barbera.
SCOOBY-DOO et tous les personnages et éléments qui y sont associés sont des marques de commerce et © de Hanna-Barbera.
WB SHIELD : ™ et © Warner Bros. Entertainment Inc.
(s14) SCCA 33901

Copyright © Éditions Scholastic, 2014, pour le texte français.
Tous droits réservés.

ISBN 978-1-4431-3811-6

Titre original : *Scooby-Doo! The Apple Thief*

Conception graphique de Maria Stasavage

Édition publiée par les Éditions Scholastic,
604, rue King Ouest, Toronto (Ontario) M5V 1E1

6 5 4 3 2   Imprimé au Canada   119   14 15 16 17 18

Scooby-Doo et Sammy sautent de la
Machine à mystères.

— J'espère qu'il y a de la pizza ici,
dit Sammy. Je meurs de faim!

— R'izza! R'izza! dit Scooby.

— Il n'y a pas de pizza ici, dit Véra en riant.

— C'est un verger, ajoute Fred.

— On est ici pour cueillir des pommes,
dit Daphné.

— On va *cueillir* des pommes?
proteste Sammy. Pas en manger?

— On va en manger plus tard,
promet Daphné.

— J'ai tellement faim que je vais en cueillir plus que vous tous! dit Sammy.

— N'en sois pas si sûr, dit Véra. J'ai beaucoup lu sur la cueillette des pommes et je sais comment m'y prendre.

Sammy regarde Véra. Il est bien plus grand
qu'elle; il va pouvoir atteindre les pommes
plus facilement.

— Faisons un concours, propose-t-il. On va
former deux équipes. Celle qui ramasse le plus
de pommes les mange toutes!

— On devrait rester ensemble, dit Véra.
Sammy imagine déjà la gelée et les tartes
aux pommes qu'il va manger.
Scooby, lui, voit des pommes glacées
au caramel et de la compote de pommes.
— R'as r'estion! s'exclame-t-il.

— Bon, d'accord, dit Véra. On fait le concours!

Les amis prennent leurs paniers. Sammy et Scooby partent dans une direction. Daphné amène Fred et Véra dans l'autre.

Sammy s'étire pour cueillir les pommes
des branches les plus hautes.

Scooby se penche pour cueillir celles
des branches les plus basses.

Ils mettent les pommes dans leur panier.

Après quelque temps, Sammy
vérifie le contenu du panier.

— Eh! s'exclame-t-il. Le panier est
complètement vide!

Il regarde Scooby.

— As-tu mangé les pommes? demande-t-il.

— R'amais de la r'ie! répond Scooby. R'est r'oi!

— Ce n'est pas moi! réplique Sammy.

Tous deux haussent les épaules.
— Recommençons! dit Sammy.
Ils s'étirent, se penchent, cueillent les
pommes et les lancent dans le panier.
Peu après, Sammy y jette un coup d'œil.
Encore vide!

— Scooby, arrête de manger les pommes! crie Sammy.

— R'oi, r'arrête! dit Scooby.

— Ce n'est pas *toi* qui manges les pommes, dit Sammy. Et ce n'est pas moi, non plus. Alors, *qui* les mange?

Scooby frissonne. Le soleil se couche
et il commence à faire froid.

Il leur faut beaucoup de pommes pour gagner
le concours. Mais leurs pommes disparaissent
toujours!

— On doit résoudre ce mystère avant qu'il soit
trop tard, dit Sammy.

— Où es-tu, voleur de pommes? crie Sammy.

— *Où, où!* répond une voix.

Sammy et Scooby sursautent. Quelqu'un est en train de se moquer d'eux. Mais ils ne voient personne.

— Si tu crois que tu nous fais peur! crie Sammy.

— *Crois, crois!* dit une autre voix.

Ils scrutent l'obscurité, mais ne voient

personne.

— Il y a quelqu'un, c'est sûr, mais on ne le voit pas, dit Sammy. Il doit être invisible.

Soudain, une pomme tombe sur la tête de Sammy.

— Aïe!

Une autre frappe la tête de Scooby.

— R'aïe!

— C'est une attaque de pommes! crie
Sammy.

Des pommes continuent à tomber du ciel.

— Sauvons-nous, Scooby! dit Sammy.

Les deux amis s'élancent,
mais ils glissent sur les
feuilles humides.

Boum! Ils heurtent quelque chose…

C'est une chose énorme…

Des bras gigantesques les entourent.

— L'homme invisible! s'écrie Sammy.

Effrayés, Scooby et Sammy s'effondrent.

Pom! Pom! Des pas lourds s'approchent.
Il y a un bruit de branches cassées. Mais
ils ne voient toujours rien.

D'autres hommes invisibles!

— C'est toute une armée, pleurniche
Sammy. On est perdus!

— Vous voilà enfin! dit une voix.

— Cet homme invisible a la même voix que Véra! s'étonne Sammy.

Véra enlève les feuilles mouillées qui cachent les yeux de Sammy.

— C'est bien moi, dit-elle.

— Oh! s'exclame Sammy en se relevant
d'un bond. Vous nous avez retrouvés! Vous
avez dû faire fuir les hommes invisibles.

Sammy leur parle des pommes disparues,
des voix qui se moquaient d'eux, de
l'attaque de pommes, et des énormes
bras qui les ont attrapés.

Véra écarte deux grosses branches.

— Les voilà, vos énormes bras. Vous
êtes rentrés dans un arbre. Vous ne
pouviez pas le savoir, avec toutes
ces feuilles devant vos yeux.

— *Où! Où! Crois! Crois!* font les voix.

— Hum! dit Véra. Ce *Où! Où!*, c'est un hululement. Et ce *Crois! Crois!*, c'est un croassement.

— Un hibou et une corneille! s'exclame Daphné.

Puis Véra examine le panier de
Sammy et Scooby.

— Ah! Votre panier est percé! C'est
pour ça que vos pommes ont disparu.
Vous les perdiez en cours de route!

28

— Et l'attaque de pommes? demande Sammy, au moment où une autre pomme lui tombe sur la tête.

— Les pommes tombent quand elles sont mûres, répond Fred en souriant.

— Bien sûr, dit Véra. C'est le vent qui les fait tomber, ou elles tombent parfois d'elles-mêmes.

Le mystère a été résolu. Mais il fait si noir
que les amis ne voient presque plus rien.

— Comment va-t-on retrouver notre
chemin? demande Daphné.

— Regarde, Scooby! dit Sammy. Nos pommes sont toutes là, l'une derrière l'autre!

— Elles forment une piste! dit Véra. On n'a qu'à les suivre pour retourner sur nos pas.

— Alors, qui a gagné? demande Sammy.

— Compte tes pommes en les ramassant ou en les mangeant, dit Véra avec un sourire.

— Une (*Croc!*), deux (*Croc!*)...

— Scooby-Dooby-Doo!